Neun Arten zu Tode zu kommen

Utta Kaiser-Plessow

Neun Arten zu Tode zu kommen

Kurzgeschichten

© 2015 Utta Kaiser-Plessow, Köln

Herstellung und Verlag:
BoD – Books on Demand, Norderstedt
ISBN: 978-3-7347-5984-0

Inhaltsverzeichnis

	Seite
Bella or forever young	7
Dank Anne	12
Das letzte Konzert	17
Goldmarie	21
Im Café	27
Schnee	34
Sizilianische Hochzeit	41
Spinne am Morgen	47
Spuren der Vergangenheit	58

Ciao Bella oder forever young

Francois liegt auf dem Bett und beobachtet sie beim Ankleiden. Sie nimmt einen schwarzen Spitzen BH mit passendem Slip aus dem Schrank und schlüpft hinein. Dann die hauchdünnen Nylons, schwarz mit Strasssteinchen am Knöchel und die hochhackigen Riemchensandaletten aus signalrotem Lackleder. Das dekolletierte schwarze Seidenkleid hängt an der Schranktür auf dem Bügel. Sie zieht es über den Kopf, kommt ans Bett und Francois zieht den Reißverschluss hoch. Dann greift sie nach dem Frisierumhang, hebt den gebauschten Rock und setzt sich vor die Frisierkommode. Sie gleicht dem Bild eines Alten Meisters. Fasziniert schaut er zu, wie sie Make-up aufträgt, Creme auf dem Gesicht verteilt, mit schwarzen, grünen und beigefarbenen Stiften hantiert, die Wimpern tuscht. Aus dunkler Umrandung funkeln ihn ihre braunen Augen mit den winzigen goldenen Pünktchen in der Iris vergnügt an.
„Steh allmählich auf du Faulpelz, sonst kommen wir zu spät."
Francois gähnt, er macht sich nichts aus solchen Veranstaltungen; viel lieber würde er liegen bleiben und ihr zuschauen, wie sie sich schön macht, noch schöner. Sie greift nach dem Kamm und fährt durch ihre hennafarbenen Locken, die sich zu ihrem Kummer einfach nicht bändigen lassen und in denen er so gern sein Gesicht verbirgt. Dann zieht sie hingebungsvoll ihre Lippen mit dunkelrotem

Lippenstift nach. Das ist ärgerlich, er weiß, nun darf er sie nicht mehr küssen, den ganzen Abend nicht, erst wenn sie wieder zu Hause sind.
Zufrieden betrachtet er seine Schöne, seine Bella. Eigentlich heißt sie Maria, aber sie ist sein Geschöpf, deshalb hat er ihr einen neuen Namen gegeben. Vor vier Jahren hat er sie als Küchenmädchen für sein Bistro eingestellt. Seinem geschulten Auge waren die Anzeichen vollkommener Schönheit sofort aufgefallen. Geduldig hat er sie unterwiesen; ihr neben den für Küche und Bedienung erforderlichen Fertigkeiten auch Geschmack, Stil und kultiviertes Benehmen beigebracht. Es hat sich gelohnt. Aus dem ungelenken Kind ist eine junge Frau von makelloser Schönheit geworden. Inzwischen hat er sie geheiratet. Er hat es nicht bereut. Anstellig, freundlich und stets gut gelaunt hat sie dazu beigetragen, dass aus dem unscheinbaren Bistro ein beliebtes Feinschmeckerlokal wurde. ‚Chez Francois' ist jetzt eine erste Adresse. Gerade hat er für seine erlesene Küche einen zweiten Stern bekommen. Heute findet ihm zu Ehren ein Festessen im Rathaussaal statt. Alle Honoratioren des Städtchens sind geladen. Er soll sich ins goldene Buch eintragen. Gespannt ist er, bei wem der Bürgermeister das Menü bestellt hat, es kann nur zweitklassig sein, denn keiner ist so gut wie er.

Der Abend war lang. Francois kann noch nicht einschlafen und denkt an die vielen lobenden Worte, mit denen er gefeiert wurde. Nicht minder stolz war er über die Bewunderung, die seiner schönen Frau gegolten hat. Zärtlich blickt er sie an. Sie schläft

schon, tief und fest, zusammengerollt wie ein Kätzchen. Er liebt sie, liebt sie so sehr, dass es schmerzt. Bella zieht das Kopfkissen näher an sich und schlägt ein Bein über die Bettdecke. Er lässt seinen Blick über die schlanken Fesseln zu dem wohlgeformten Fuß mit den rotlackierten Nägeln wandern. Was ist das? An der Fußsohle schrundige Ränder. Sein prüfender Blick wandert weiter und entdeckt eine Delle an Oberschenkel und am Hals eine Falte, die früher noch nicht da war. Fängt etwa jetzt schon der Alterungsprozess an? So ab Anfang zwanzig beginnt sich der Schmelz der Jugend zu verflüchtigen, hat er einmal gelesen.
Wie lange noch würde Bellas Schönheit anhalten, die zarte glatte Haut, die wie aus Marmor gemeißelten straffen Brüste? Bald schon werden erste Fältchen ihre Augen umkränzen, und es würde weitergehen, unmerklich erst, aber weiter und weiter, unaufhaltsam. Haut und Haare werden stumpf und blass, der Sternenglanz ihrer Augen trübt sich, ihr Bild auf ewig zerstört. Übrig bleiben runzlige graue Haut, die um Ellenbogen und Oberarme wabbelt, welkes Fleisch voller pergamentener Knitter. Dieser Gedanke ist ihm unerträglich. Vorsichtig zieht er die Bettdecke zur Seite. Bella schläft nackt. Es ist erotischer so. Mit der Hand fährt er sacht über die Wölbung ihrer Schultern. Noch sind sie vollkommen, wie aus Marmor. Benvenuto Cellini hätte es nicht besser gekonnt. Mit dem Zeigefinger zeichnet er die Linie ihres Nackens nach, tupft auf den Spalt zwischen den Schulterblättern. Dort hinein stößt der Torero beim Stierkampf den Degen und lässt ihn stecken, während der Stier ins Knie bricht.

Ein Stich senkrecht in die Schulter hinter das Schlüsselbein bis ins Herz. Das war eine beliebte Hinrichtungsmethode für römische Staatsbürger und auch im Mittelalter. Sie galt als human. Durch den direkten Herzstich wurde das Opfer ruhig gehalten und war innerhalb weniger Sekunden bewusstlos. Es gab so gut wie keine sichtbare Blutung. Francois betrachtet nachdenklich den entblößten Rücken. Dann geht er in die Küche.

Die nächsten Tage bleibt das Restaurant wegen eines Wasserschadens geschlossen. Mit üppiger Blumendekoration und erlesenen Speisen wird die Wiedereröffnung gefeiert. Der Bürgermeister winkt Francois zu sich.
„Es ist wieder einmal köstlich, ganz köstlich. Dieses Filet, butterzart und erst der Geschmack. So etwas habe ich noch nie gegessen. Ihre Küche ist weit und breit die beste."
Francois verbeugt sich.
„Das freut mich, ich werde das Kompliment an meine Mitarbeiter weitergeben."
„Wo ist denn ihre liebe Frau? Ich habe sie noch gar nicht gesehen?"
„Sie ist zu ihrer Mutter gefahren. Die ist schwer gestürzt und braucht Hilfe. Ich hoffe, Bella kommt bald zurück."

Vor dem Schlafengehen betrachtet Francois Bellas Bild auf dem Nachttisch, erfreut sich an ihrer unvergänglichen Schönheit. Er erinnert sich an seidenweiche Haut, riecht den Duft von Zimt und Vanille, schmeckt butterzarte Leberscheiben mit weißen Trüffeln, gedünsteten Äpfeln und einem Schuss Calvados.

In der nächsten Woche engagiert er eine neue Küchenhilfe. Er schaut ihr zu, wie sie die Töpfe schrubbt, und ist mit seiner Wahl zufrieden. Sie verspricht einmal eine Schönheit zu werden. Er muss sich darum kümmern. Sie heißt Julia, aber er nennt sie Stella.

Dank Anne

Nina räkelt sich auf der Strandliege.
„Davon hätte ich früher nie zu träumen gewagt."
„Freu dich einfach", sagt Anne, „und genieße deine Ferien. Cremst du mir mal den Rücken ein?"
Nina verteilt langsam Sonnenmilch und denkt an den Abend im April.
Sie war in der Stadt. „Nina" hörte sie, „Nina Schneider?"
Es war Anne, während der Schulzeit ihre beste Freundin. Danach hatten sie sich aus den Augen verloren. Anne hatte geheiratet und war ins Ausland gezogen. Nina arbeitete im elterlichen Lebensmittelgeschäft. Vor fünf Jahren waren die Eltern tödlich verunglückt, das Geschäft wurde insolvent. Nach Aushilfsjobs bezog Nina Hartz IV und bemühte sich um eine Umschulung. Sie hatte sich zunächst riesig gefreut, Anne wieder zu sehen. Als die Freundin vorschlug, „komm wir gehen essen, da können wir ausführlich reden", geriet sie in Panik. Nina konnte sich einen Restaurantbesuch nicht leisten. Sie stotterte etwas von kein Hunger, einen Kaffee trinken. Aber das kam für Anne nicht infrage. Sie wollte das Wiedersehen gebührend feiern.
„Wir fahren zum Italiener bei mir um die Ecke. Ich bin dort Stammgast. Zur Feier des Tages lade ich dich ein."
Nina wollte protestieren.
„Keine Widerrede; so wie ich in der Schule bei dir abgeschrieben habe, verdanke ich dir mein Abitur; da kann ich doch ein paar Nudeln spendieren."

Nina lachte, warum sollte sie sich nicht von der Freundin einladen lassen. In ihrer Situation konnte sie sich Stolz nicht leisten.

Der Abend wurde lang. Sie erinnerten sich an ihre Schulzeit. Wegen ihrer Ähnlichkeit wurden sie oft verwechselt. „Weißt du noch, wie wir den neuen Klassenlehrer veräppelt haben? Wir sagten, wir wären Zwillingsschwestern. Unsere Eltern hätten sich scheiden lassen und jeder eine von uns behalten. Wir könnten uns nur in der Schule sehen. Und der hat das auch geglaubt." Nina konnte kaum aufhören zu lachen. Dann sprachen sie darüber, was in der Zwischenzeit geschehen war.
Annes Mann war vor einem Jahr gestorben und seitdem genoss sie das Leben. Sie war nach Köln zurückgekehrt und bewohnte ein Penthaus mit Rheinblick.

Die nächsten Wochen trafen sie sich häufig. Nina war es nicht mehr peinlich, sich einladen zu lassen. Sie hatte offen über ihre Verhältnisse gesprochen. Anne hatte ihr klar gemacht, dass sie einsam ist und ihre Gesellschaft braucht.
Eines Tages gab Anne ihr einen Reiseführer von Mallorca.
„Wir fahren zwei Wochen in ein Hotel an der Cala d'Or."
Nina widersprach.
„Das ist zu teuer, das kann ich nicht annehmen."
„Doch kannst du. Wenn du wüsstest, was ich sonst an Einzelzimmerzuschlag zahlen müsste. Außerdem habe ich allein keine Lust."

Jetzt sind sie schon eine Woche hier.
„Für morgen habe ich eine Bootstour gebucht. Fahrt entlang der Nordküste, Baden in einsamen Buchten, Picknick am Strand", sagt Anne.
Nach dem Frühstück fahren sie los. Mittags ankert das Boot, es gibt Paella und gekühlte Sangria. Zum Baden fahren sie in eine malerische Felsenbucht, die nur vom Meer aus erreichbar ist. Das Wasser ist türkisblau, ruhig und klar. Anne läuft am Strand entlang.
„Sieh mal Nina, wie eine Treppe", und noch ehe Nina hinschauen kann, ist Anne zu einem Felsvorsprung hinaufgeklettert.
„Super, tolle Aussicht", ruft sie begeistert und streckt sich, um hinunterzuspringen.
Der Kapitän ruft etwas und fuchtelt wild mit den Armen. Anne winkt fröhlich zurück und schießt in elegantem Kopfsprung pfeilgerade nach unten. Kleine Wellen kräuseln die Oberfläche und verlaufen langsam. Der Bootsmann reagiert als Erster, schleudert Schuhe und Hemd von sich, hechtet ins Wasser und krault blitzschnell dorthin, wo Anne im Wasser verschwunden ist. Er taucht. Beim zweiten Auftauchen zieht er Annes schlaffen Körper hinter sich her. Sie legen sie aufs Deck, der Kapitän beginnt mit Wiederbelebung.
Jemand schiebt die Umstehenden beiseite.
„Ich bin Arzt."
Er fühlt den Puls, zieht die Augenlider hoch, tastet Kopf und Rücken ab und schüttelt den Kopf. Eine Decke wird über die reglose Gestalt gebreitet.
„... Felsen unter Wasser, aufgeprallt, Genick gebrochen ...", hört Nina hinter sich flüstern. Sie ist

wie versteinert, kann keinen klaren Gedanken fassen. Anne tot, tot, tot, immer wieder hämmert es in ihrem Kopf. Tot, Anne, die so voller Leben war. Tot, gerade jetzt, nachdem sie sich wieder getroffen hatten. Ihre Pläne für die Zukunft, alles umsonst. Sie wollten zusammenziehen, gemeinsam eine Boutique aufmachen. Anne hatte dafür das notwendige Kapital. Und nun? Alles zunichte. Wieder Existenzangst, Armut, ein freudloses Dasein. Anne hätte das nicht gewollt, bestimmt nicht. Sie beide hatten sich so auf die gemeinsame Zukunft gefreut. Vergeblich. Alles umsonst, tot. Wieder allein, ohne die Freundin, ein Leben in Armut. Was wäre eigentlich wenn ...?
Nina wagt nicht weiter zu denken, das würde niemals gut gehen. Aber warum eigentlich nicht? Sie würde niemandem schaden, wäre alle Sorgen los. Annes sinnloser Tod wäre dann wenigstens nicht umsonst gewesen. Nina überlegt, nur so, rein hypothetisch: Anne hatte keine Verwandten, wohnte erst einige Monate in Köln, Kontakte zu den Nachbarn beschränkten sich auf freundliches Grüßen. Würde es Nina leidtun, aus ihrem bisherigen Leben zu verschwinden? Überhaupt nicht. Im Gegenteil. Was bot ihr dieses Leben schon. Eigentlich war sie es der Freundin sogar schuldig, aus dieser Situation das Beste zu machen. Sie würde Annes Leben übernehmen und ihr eigenes der Freundin opfern.

Während sich das Boot dem Hafen von Puerto Christo nähert, steht Nina an der Reling, starrt aufs Wasser, grübelt. Als sie anlegen, verlässt sie als

Letzte das Schiff. In der einen Hand ihre eigene Strandtasche, in der anderen die von Anne.
Ein Polizist tritt auf sie zu.
„Senora, Sie haben die Fahrt mit dem Unfallopfer zusammen gebucht. Kennen Sie die Tote näher und können Sie mir die Personalien angeben?"
„Wir sind – nein waren – ..." Nina schluchzt und beruhigt sich nur langsam „... Freundinnen. Die Tote ist Nina Schneider aus Köln."

Das letzte Konzert

Katharina geht am Strand entlang, am Rand des Wassers, barfuss. Sie bohrt mit den Zehen im feuchten Sand und genießt das Prickeln, wenn das kalte Wasser über ihre Füße läuft. Sie ist ganz allein. Nur das Meer und sie. Der Sand behält ihre Fußspuren für zwei, drei Schritte, dann radieren die Wellen sie aus. Ihr Gang ist schleppend, das Gehen durch den Sand strengt sie an. Zurück auf der Strandpromenade lässt sie sich auf einer Bank nieder. Ihr Blick wandert in die Ferne, über das Meer, zeichnet die Linie des Horizonts nach. Wolken ziehen auf, die Sonne verschwindet als blasse Scheibe hinter düsteren Vorhängen. Mit schrillem Kreischen stoßen Möwen pfeilschnell zur Wasseroberfläche herab. Katharina fröstelt. Sie weiß, sie wird sterben, hat sich damit abgefunden. Aber einen Wunsch hat sie noch, einen einzigen. Nächste Woche gastiert das Norddeutsche Symphonieorchester in der Konzerthalle. Die russische Pianistin Svetlana Stanceva spielt das Klavierkonzert in c-moll von Mozart. Das will sie, muss sie hören, einmal noch, ein letztes Mal. Die Karte hat sie schon lange, hat sie gleich gekauft, als die Ankündigung erschien. Dritte Reihe Mitte, für 95 Euro. Das ist eigentlich zu teuer für sie, aber sie will es sich gönnen. Viel Zeit Geld auszugeben bleibt ihr nicht mehr. Sie spürt ihre Kräfte schwinden, täglich wird sie schwächer. Nur dieses Konzert noch, dieses eine Konzert, um jeden Preis. Sie hätte auch mehr gezahlt. Für ihre wenigen Bedürfnisse ist gesorgt, der

Aufenthalt in der Kurklinik durch die Krankenkasse finanziell abgesichert. Für die Beerdigung liegt ein ausreichender Betrag auf einem Sonderkonto.

Heute Abend ist es soweit. Sie hat sich die beiden letzten Tage sehr geschont und hofft, genügend Kraft für das Konzert zu haben. Nur für das Klavierkonzert. Das kommt nach der Pause. Den ersten Teil des Programms wird sie sich daher schenken. Nach dem Abendessen zieht sie sich um. Das schwarze Seidenkleid ist ihr viel zu weit geworden. Die koreanische Schwesternschülerin steckt es ihr mit vier großen Sicherheitsnadeln auf Taille, drapiert einen beigefarbenen Seidenschal als Schärpe. Katharina setzt die blond gesträhnte Perücke auf und tupft etwas Rouge auf die blassen Wangen.

Ein Taxi bringt sie zum Kurhaus. Dort mischt sie sich unter das flanierende Pausenpublikum. Beim ersten Klingelzeichen geht sie zu ihrem Platz. Die Musiker nehmen ihre Sitze ein, der Dirigent kommt mit der Solistin. Applaus, dann konzentrierte Stille. Der erste Satz klingt auf. Das Thema eindringlich in schmerzhaften Halbtonschritten, tragische Spannung mit harmonischen Übergängen. Katharina kennt jede Note, jeder Ton schwingt in ihr mit. Die Musik umhüllt sie und trägt sie Jahre zurück. Dieses Konzert bestimmte einmal ihr Leben. Sie hat es studiert, seziert, immer wieder geübt und schließlich damit ihr Examen am Konservatorium glänzend bestanden. Es folgten Konzertreisen, sie hatte gute und sehr gute Kritiken. Dann kam der Bruch: Heirat, schnell hintereinander zwei Kinder, keine Zeit und keine Konzentration mehr zum Üben. Es fehlte ihr an Energie und Unterstützung durch den Ehemann. Bereut sie es? Vielleicht. Statt als Pianistin ihr Leben der Musik zu widmen, wurde sie Hausfrau und Mutter. Aber da waren auch die Kinder, die sie gebraucht hatten. Das hat sie für manches entschädigt. Später, als die Pflichten sich reduzierten, die Kinder aus dem Haus waren und Hans-Joachim sie wegen einer Jüngeren verlassen hatte, wagte sie zaghaft den Versuch eines Neubeginns. Mietete einen Flügel, nahm Unterricht. Ihr erstes Konzert in kleinem Kreis wurde mit viel Beifall aufgenommen. Gerade als sie begonnen hatte, sich in ihrer Musik wieder einzurichten, plötzlich und brutal der Ausbruch der zerstörerischen Krankheit. Die Operation, die schwächende Chemotherapie, einige Monate Hoffnung, eine erneute Operation und weitere Chemotherapien. Jetzt kann sie nicht mehr, sie hat mit allem abgeschlossen. Nur noch dieses Konzert. Sie lauscht, die Musik durchdringt sie, erfasst jede Faser ihres Körpers. Katharina erschauert. Die schwermütige Melodik des Larghetto gemahnt sie an das dunkle Land zwischen Traum und Tod.

Sie spürt einen intensiven Blick und öffnet die Augen. In der Nische an der Seitenwand lehnt eine Gestalt. Schattenhaft und kaum wahrnehmbar. Dunkler Umhang mit Kapuze, ein bleiches wie aus Marmor geschnittenes Gesicht, dessen engelhafte Schönheit sie nur ahnen kann. Schwarze Augen bannen Katharina, saugen sie förmlich an. Das ist der Tod, sie weiß es. Katharina empfindet keine Angst. Tiefe Ruhe durchströmt sie, während die letzten Töne des Finales traumhaft zart und dunkel klagend nachhallen.

Goldmarie

Die Tür des Lifts öffnet sich im 8. Stock. Helen McGuire rauscht hinaus, gefolgt von Tony, ihrem Ehemann. In der Suite hat das Mädchen bereits den Schrankkoffer ausgeräumt und greift nach dem nächsten Gepäckstück.
„Danke, das mache ich selbst."
Helen entreißt ihr den Koffer. Er enthält ihre Lieblinge, Plüschtiere aller Art. Als Tony sie das letzte Mal gezählt hat, waren es zweiundfünfzig. Aber ständig kommen neue hinzu, andere werden irgendwo liegen gelassen oder entsorgt. Helen nimmt eins nach dem anderen heraus, streichelt sie und verteilt sie auf Sofa, Sessel, Frisierkommode und dem geräumigen Doppelbett. Tony steht inzwischen am Fenster und schaut hinaus. Er holt aus einem goldenen Etui eine Zigarette, steckt sie an und saugt den Rauch gierig ein. Entschlossen dreht er sich zu Helen um.
„Musst du immer das ganze Viehzeug mit dir herumschleppen? Das ist doch lächerlich. Du bist eine erwachsene Frau und kein kleines Kind mehr."
Helen drückt ein grünes Krokodil an sich und streicht zart über das Maul mit den gefletschten Zähnen.
„Mach dich nur lustig über mich. Wenn es dir nicht passt, kannst du ja gehen. Meinst du, ich weiß nicht, dass du mich nur des Geldes wegen geheiratet hast? Du warst unfähig, die Ausbildung zum Braumeister durchzuhalten."
Stimmt, dachte Tony. Helens Vater gehört

schließlich ein Brauereikonzern mit Niederlassungen in der ganzen Welt. Tony hatte die Ausbildung angefangen, es dann aber vorgezogen, die einzige Tochter des Chefs zu heiraten. Er lässt sich in einen Sessel fallen, greift hinter sich und wirft ein pelziges Kaninchen mit langen Schlappohren quer durch den Raum.
„Untersteh dich, meine Tiere anzufassen, du, du, du ... Wüstling", kreischt Helen.
Tony lacht bitter.
„Wüstling ist gut, nichts darf ich anfassen. Meine eigene Frau liegt lieber mit einem ganzen Zoo aus Plüsch im Bett. Schlimmer als ein Kleinkind, das nur zwei bis drei Schmusetiere mit ins Bett nimmt."
Helen muss beim Schlafen ihre Plüschtiere immer ganz nah bei sich haben. Derzeitiger Liebling ist eine lohfarbene Perserkatze mit seidenweichem Fell und Bernsteinaugen, in denen es golden funkelt. Die sitzt neben dem Kopfkissen. Beim Einschlafen streichelt Helen sie, flüstert mit ihr und nennt sie zärtlich Goldmarie. Für Tony ist schon länger kein Platz mehr im Bett. Er benutzt das angrenzende zweite Schlafzimmer.
„Du machst uns lächerlich, was soll das Personal denken." Tony ist wütend.
„Kann doch egal sein, so lange sie unser Geld nehmen. Die geht das gar nichts an. Und über zu viel Trinkgeld hat sich noch keiner beschwert."
Helen geht ins Badezimmer, betätigt geräuschvoll die Toilettenspülung und kommt türenknallend zurück.
„Und überhaupt, du schläfst doch viel lieber allein im Zimmer. Meinst du denn, ich merke nicht, dass du nachts immer an die Bar zu deinen Nutten

schleichst, um dich dort zu amüsieren. Die Rechnung erscheint auf meiner Kreditkarte. Ich bin doch nicht blöd."

„Wenn dich das stört, dann lass dich doch scheiden".

„Das hättest du wohl gerne, und dann jeden Monat einen dicken Scheck. Nein mein Lieber. Ich brauche dich als Begleiter. Schließlich siehst du gut aus, kannst charmant plaudern. Ab und zu will ich auch mal mit dir schlafen. Und wenn du dir überlegst zu gehen, denk an den Ehevertrag, auf dem mein Vater bestanden hat. Von der Rente, die dir dann zusteht, wirst du gerade mal den Monatsbeitrag für den Golfclub zahlen können."

Das hat gesessen. Es bleibt still. Nur das Rauschen der Klimaanlage. Tony schluckt.

Schon manches Mal hat er überlegt, wie es wäre, Helen zu verlassen. Aber was dann? Er hat nichts gelernt, ist an ein Leben in Luxus gewöhnt.

Nach dem Dinner nehmen sie noch einen Drink an der Bar, gehen dann aber bald hinauf, denn die Reise war anstrengend. Als Helen schläft, zieht Tony einen dunklen Regenmantel an, steckt ein größeres Bündel Geldscheine ein und lässt sich von einem Taxi an die Rückseite des Bahnhofs fahren. Zwielichtige Gestalten lehnen an der Wand, blasse schmächtige Jungen in engen Jeans, grell geschminkte Mädchen, fast noch Kinder. Tony schaut umher und geht langsam einmal um den Platz herum.

„Na Hübscher, wie wärs mit uns? Nur 50 € und du kriegst alles, was du willst", spricht ihn eine hoch toupierte Blondine an, die Augen dick schwarz

ummalt, weiße Stiefel, die bis übers Knie reichen und ein Rock, der eher ein breiter Gürtel ist. Ihr tiefes Dekolletee kommt ihm bedrohlich nahe.
Tony wehrt ab.
„Nein, nein, heute nicht; ich such was anderes als Sex."
Er geht weiter. Da raunt es hinter ihm:
„Nicht umdrehen. Suchst du Stoff? Gras, Koks, Schnee, schwarzer Afghane? Alles beste Qualität. Dann komm mit."
Tony bleibt stehen, zündet sich umständlich eine Zigarette an. Aus den Augenwinkeln sieht er eine knochige Gestalt, die hinter dem Kiosk verschwindet. Tony schlendert hinüber und lehnt sich rauchend ans Kioskfenster. Während eines Hustenanfalls flüstert er. „Schnee."
Dann kauft er eine Zeitung und erhält gegen ein Bündel Geldscheine eine Zigarettenschachtel mit flachen weißen Päckchen.

Am nächsten Morgen macht Tony Helen klar, dass sie unbedingt zum Friseur muss. Aus ihrem Kosmetikkoffer nimmt er den kleinen Trichter, mit dem sie losen Puder oder Parfum umfüllt. Er holt Goldmarie, bohrt das Röhrchen des Trichters durch die Naht in ihren Bauch und füllt vorsichtig den Inhalt der Päckchen hinein. Dann wäscht er den Trichter aus, trocknet ihn ab und legt ihn wieder in Helens Kosmetikkoffer. Die leeren Papiertütchen zerreißt er in winzige Fetzen und spült sie in der Toilette hinunter. Er knetet die Katze etwas, um das Pulver in ihrem Inneren zu verteilen und glättet mit den Fingern die Einfüllstelle. Er setzt das Tier neben

Helens Kopfkissen aufs Bett.

Die nächsten Wochen vergehen wie immer. Einladungen, Dinnerpartys, Premieren, Vernissagen und ausgedehnte Einkäufe. Tony wartet ab und beobachtet Helen. Sie isst immer weniger, ihr Gesicht ist durchscheinend blass, die Augen, groß und unnatürlich glänzend, liegen tief in den Höhlen. Stundenlang liegt sie nun im Bett, das Gesicht in Goldmaries Fell vergraben und döst vor sich hin.
„Bist du krank?", fragt Tony, als sie sich beim Abendessen gegenübersitzen und sie lustlos mit der Gabel auf dem Teller herumstochert.
„Vielleicht solltest du einen Arzt aufsuchen."
„Es ist nichts, ich bin nur ziemlich müde und träume so heftig. Es wird schon vorbei gehen. Ich bin noch nie krank gewesen."

Aber es wird nicht besser. Als sie Monate später Helens Vater zu dessen Geburtstag besuchen, ist er über das Aussehen seiner Tochter erschrocken. Sofort lässt er den alten Hausarzt kommen, der Helen schon als Kind behandelt hat. Der untersucht sie gründlich.
„Organisch ist alles in Ordnung, ich kann nichts finden. Wenn ich Helen nicht so lange kennen würde, könnte ich meinen, sie wäre hochgradig süchtig. Aber sie hat mir versichert, nichts zu nehmen, und ich habe auch keine Einstichstellen bemerkt. Ich empfehle einen längeren Aufenthalt im Süden. Vielleicht Italien. Sonne, Schwimmen im Meer und reichlich Pasta."
Tony stimmt begeistert zu.

„Wir fliegen nach Sizilien. In der Nähe von Palermo gibt es auf Terrassen über dem Meer ein wunderschönes Luxushotel. Dort wird Helen wieder zu Kräften kommen."
Und in Palermo kann ich problemlos neuen Stoff besorgen, ergänzt Tony in Gedanken.
So geschieht es. Sie mieten in dem Hotel eine Suite mit Terrasse und Meerblick. Weil Helen so schwach ist, bestellt Tony meistens das Essen aufs Zimmer. Nach einem halben Bissen lässt Helen den Löffel sinken.
„Ich kann nichts essen".
„Wenn du nicht magst, Liebling, dann lass es. Schlaf dich lieber tüchtig aus".
Tony deckt sie zu und legt ihr Goldmarie aufs Kopfkissen. Helen schmiegt ihr Gesicht in das weiche Fell der Katze und schließt die Augen. Tony isst in aller Ruhe zu Ende und geht dann hinunter an die Poolbar.

Einige Wochen später ist Helen tot.. Der herbeigerufene Arzt steckt einen gefüllten Briefumschlag ein und bescheinigt auf dem Totenschein Herzversagen.
Tony lässt den Leichnam verbrennen. Helens Kleidung, Schuhe und die Plüschtiere außer Goldmarie verteilt er an die Zimmermädchen.
Am Abend vor seiner Abreise nimmt er Goldmarie und geht ans Meer. Am Strand sammelt er trockenes Treibholz, schichtet es locker auf und zündet es an. Als die Flammen kräftig emporzüngeln, wirft er Goldmarie ins Feuer.
„Gut gemacht Kätzchen!"

Im Café

Mit kleinen Schritten geht Paula Lehmann langsam die Königsallee, Düsseldorfs Prachtmeile, entlang. Gleichgültig streifen ihre Augen die üppig dekorierten Fenster der glitzernden Modetempel. Eine graue Gestalt mit unstet flackerndem Blick und fahrigen Bewegungen. Eine verhuschte Maus, die Schultern hochgezogen und leicht geduckt so, als wollte sie gleich abtauchen. Fröstelnd zieht sie die Strickjacke enger um die schmalen Schultern. Die anfängliche Hochstimmung und Erleichterung sind dahin. Panik droht sich breitzumachen. Sie kämpft dagegen an. Das Herz schlägt ihr bis zum Hals. Eigentlich müsste sie jubeln. Noch kann sie kaum fassen, was geschehen ist. Sie muss sich endlich beruhigen, ihre Gedanken ordnen und Pläne machen. Ihr Schritt stockt. Sehnsüchtig schaut sie auf die Auslagen des eleganten Cafés, die Torten, Pralinen. Das Wasser läuft ihr im Mund zusammen. Ob sie hineingehen soll? Eigentlich traut sie sich nicht. Doch sie muss jetzt unbedingt etwas essen und trinken, sonst kann sie sich nicht länger auf den Beinen halten. Zögernd öffnet sie die Glastür, tritt ein und hebt trotzig den Kopf. Sie übersieht die abschätzigen Blicke der Kuchenverkäuferin.
An viereckigen Marmortischen sitzen Frauen, gut angezogen, trinken Kaffee, essen Torte, Omelette oder Salat. Gleichmäßiges Gemurmel erfüllt die Luft. Ab und zu durchdringt ein Fetzen Musik die Geräuschkulisse. Niemand beachtet Paula. Ganz hinten in der Ecke am Fenster ist noch ein Tisch

frei. Dorthin setzt sie sich mit dem Rücken zur Wand. Hier ist sie sicher. Unschlüssig dreht sie die Speise- und Getränkekarte hin und her. Unbeholfen kommt sie sich vor, unbeholfen und dumm. Sie kann sich unter einigen Bezeichnungen nichts vorstellen. Was sind Latte Macchiato oder Baileys Latte? Auch Quiche Lorraine hat sie noch nie gegessen. In ihrem Dorf, das sie vor nun gut vier Stunden verlassen hat, gibt es so etwas nicht. Außerdem - wo hätte sie überhaupt etwas essen sollen außer zu Hause? In den Dorfkrug hat Karl sie nie mitgenommen.
„Das ist nichts für Weiber, die gehören ins Haus", sagte er immer.
Paula blickt sich um. Wandleuchten verbreiten gedämpftes Licht. Auf den Tischen rosa Decken und Vasen mit je einer gelben Rose, dazu locker im Raum verteilt Grünpflanzen.
Schön ist es hier, es gefällt mir, denkt sie. Komisch, dass ich Angst hatte, hierher zu gehen. Aber das ist vorbei. Jetzt wird alles anders.
An der Seite steht eine große Schiefertafel, wie Paula sie aus ihrer Schulzeit kennt. Dort sind mit Kreide ihr vertraute Gerichte aufgeschrieben. Sie winkt der Bedienung mit der schwarz-weiß-gestreiften Schürze und bestellt.
„Rheinischer Sauerbraten mit Spätzle und Apfelkompott, dazu ein Bier bitte."
Die Kombination mit Spätzle ist ihr neu. Sie macht zu Sauerbraten immer Rotkohl und Klöße.
Das Essen wird gebracht. Endlich. Das hastige Frühstück, heute Morgen im Stehen am Küchentisch, ist doch schon recht lange her. Und dann ...? Sie erinnert sich.

Das Gepolter aus dem Schlafzimmer, der Gestank nach Bier und kaltem Rauch, sein Rufen.
„Komm her du Schlampe", brüllte er, „ich brauch ein Bier."
Sie brachte eine Flasche aus dem Kühlschrank.
„Es ist die letzte."
„Was? Nicht mal eingekauft hast du faules Stück, das ist doch das Mindeste, was du tun kannst."
Während er, ohne abzusetzen, den Inhalt der Bierflasche in sich hineinschüttete, griff seine linke Hand nach Paula, schob ihren Rock hoch und zerrte sie aufs Bett.
„Lass mich in Ruhe, du bist ja besoffen", sie war den Tränen nahe und trommelte mit beiden Fäusten gegen seine Brust. Karl aber lachte nur und presste sie noch fester an sich. Ihr wurde fast übel. Mit letzter Kraft stieß sie ihm ihr Knie in den Unterleib. Er heulte auf, lockerte dabei seinen Griff, sodass sie sich ihm entwinden konnte. Aber er setzte ihr nach, hielt sie fest und riss sie zu Boden. Wieder und wieder drosch er mit dem Gürtel auf sie ein, was zum Glück meistens daneben ging, weil er noch zu betrunken war.

Langsam zerteilt sie die zweite Scheibe Sauerbraten. Das Fleisch ist ganz zart, die Sauce mit Rosinen schön sämig. Es müssen nicht immer Klöße sein, auch die Spätzle passen wunderbar. Paula kaut genussvoll. Wann hat sie das letzte Mal so etwas Gutes gegessen? So in Ruhe, ohne Keifen, ohne Streit und vor allem so ganz ohne Angst. Sie weiß es nicht. Aber eins weiß sie gewiss: Das gönnt sie sich jetzt öfter. Zum Nachtisch noch eine Tasse Kaffee und ein Stück Pflaumenkuchen mit Sahne. So gut ging es ihr seit Jahren nicht. Gesättigt und mit zunehmendem Selbstvertrauen mustert sie die anderen Gäste: die Frauen in Hosenanzügen mit Seidenblusen, dunkelroten Kurzhaarfrisuren oder langen blonden Mähnen, teils allein, teils zu zweit, schwatzend, lachend; der Stuhl daneben bepackt mit Einkaufstüten. Schamhaft schaut sie an sich herunter. Wie sie aussieht. Das muss sich ändern. Ihr geblümtes Baumwollkleid, angeschmuddelt und verknittert, ist bereits über fünf Jahre alt. Sie hat es sich mühsam vom Haushaltsgeld abgespart, immer etwas beiseitegelegt, in die Dose hinter dem Brotkasten. Als genug Geld beisammen war, ist sie zu Frau Weiler, der Sammelbestellerin, gegangen und hat sich das Kleid aus dem Quellekatalog ausgesucht. Wie aufgeregt und glücklich war sie, als es endlich geliefert wurde. Sie hat es gleich bei Frau Weiler anprobiert und ist sich darin richtig chic vorgekommen. Dem Karl sagte sie, ihre Schwester aus Düsseldorf hätte es ihr geschickt. Genau so hatte sie es mit der dunkelgrauen Strickjacke gemacht, die jetzt neben ihr liegt.

Ihre ältere Schwester Helga hat immer versucht Paula zu helfen und sie zu unterstützen, aber das war schwierig. Seit dem Vorfall vor acht Jahren kam Helga nie mehr zu Besuch. Damals hatte sie miterlebt, wie Paula von Karl angebrüllt und verprügelt wurde. Er war - wie so oft - weit nach Mitternacht besoffen aus dem Dorfkrug nach Hause gekommen. Dort traf er sich praktisch jeden Abend mit denselben Saufkumpanen zu einem Stammtisch,

wie sie es nannten. Am Morgen hatte Helga Karl zur Rede gestellt, ihm Vorhaltungen gemacht.
„So kannst du meine Schwester nicht behandeln", schleuderte sie ihm wütend entgegen, drohte sogar, zur Polizei zu gehen.
„Raus hier. In meinem Haus bestimme immer noch ich, was geschieht. Wage es ja nicht wieder hierher zu kommen, sonst schlag ich dich kaputt."
Karl tobte. Danach konnte Paula nur heimlich aus der Telefonzelle bei Helga anrufen oder ihr nachts lange Briefe schreiben, während Karl seinen Rausch ausschlief. Helgas Briefe gingen an die hilfsbereite Frau Weiler. Vier- oder fünfmal hatten sie sich auf dem Parkplatz an der Kirche oder in der Kirche getroffen, ein paar Mal war Paula nach Düsseldorf gefahren, damals, als Karl noch für Müllerbau gearbeitet hatte und auf Montage war. Helga hatte sie immer wieder beschworen, Karl zu verlassen, aber Paula fürchtete seinen Jähzorn. Das würde er nie zulassen und sie brutal zurückholen.

Aber jetzt ist alles vorbei, alles wird besser. Ein neues Leben beginnt. Sie wird sich ein paar kleidsame Hosen mit Pullovern, vielleicht einen Blazer, einen Mantel kaufen und vor allem einen Friseur aufsuchen. Bisher musste sie sich die Haare immer selbst schneiden, sie durfte dafür kein Geld ausgeben.
„Haare schneiden ist unnützes Zeug", sagte Karl immer, „so wie du aussiehst, ist das doch sowieso egal."
Doch zuerst muss sie mit Helga sprechen und mit ihr überlegen, wie es weitergehen soll. Vielleicht

zieht sie auch nach Düsseldorf. Warum eigentlich nicht? Paula spießt mit der Kuchengabel ein Stück vom Pflaumenkuchen auf, rührt gedankenverloren in der Kaffeetasse und sieht alles wieder vor sich:

Karl torkelte ins Badezimmer und stand schwankend über die Klosettschüssel gebeugt, die Hände auf dem Spülkasten abgestützt. Seine schmutzige Schlafanzughose war ihm auf die Füße gerutscht, sein weißer, angekoteter Hintern ragte empor. Nach einem abgrundtiefen Rülpsen ergoss sich ein übelriechender Schwall in das Becken, einmal, zweimal, lief ihm das Kinn hinab, tropfte auf die Matte vor dem Klo, auf den Boden. Es ekelte sie.
Dann weiß sie nicht mehr, wie es geschah.
Ein schneller Schritt, ihre beiden Hände griffen fest nach der Badematte unter Karls bekotzten Füßen, ein heftiger Ruck mit aller Kraft, die Matte weggezogen. Karl schwankte, seine Hände suchten vergeblich Halt, er kippte nach vorn. Hart schlug seine Schläfe auf den Rand der Klosettschüssel. Es gab ein dumpfes Geräusch. Sein massiger Körper sackte zur Seite, er rührte sich nicht. Ein blutiges Rinnsal sickerte langsam von der Schläfe den tätowierten Oberarm entlang auf den weißen Kachelboden.

Es war auf einmal still, ganz still. Nur der Wasserhahn tropfte in gleichmäßigem Rhythmus. Paula stand wie versteinert an der Badezimmertür, nahm alle Einzelheiten in sich auf. Sie wusste, es war vorbei, Karl war tot. Kein Wutgeheul mehr, nie wieder Prügel. Nach einiger Zeit wich die Starre von ihr. Sie holte das Geld aus dem Küchenschrank, suchte ihre Tasche, nahm die Jacke und jetzt nur noch weg. Sorgfältig zog sie die Haustür hinter sich zu und ging zur Bushaltestelle.

Paula trinkt den letzten Schluck Kaffee und zahlt. An der Theke kauft sie hausgemachte Pralinen und ein Tütchen Champagnertrüffel, die isst Helga so gern.
Mit beschwingten Schritten, ein zufriedenes Lächeln im Gesicht geht Paula zur U-Bahn Haltestelle. Eine zentnerschwere Last ist von ihr genommen. Ihr neues Leben kann beginnen.

Schnee

Es schneit. Angestrengt schaut Fred ins wirbelnde Weiß. Immer wieder wischt er über die Windschutzscheibe, als könne er den dichter und dichter webenden Schleier wegwischen. Fährt immer langsamer. Die Hände ums Steuerrad gekrampft, folgt er dem Pfeil auf dem Navi. Er kennt die Straße. Sie führt immer geradeaus, flankiert von Alleebäumen, die er ahnt, wenn sie aus weißgrauem Nichts vor ihm auftauchen. Zum Glück gibt es keinen Straßengraben, in den er hineinrutschen kann. Irgendwann kommt die Abzweigung nach links. Dann noch fünfhundert Meter bis zum Haus. Der Weg steigt etwas an, vielleicht ist dort weniger Schnee. Er wirft einen Blick in den Innenspiegel. Auf der Rückbank schläft Ina. Merkt nichts von dem Drama um sie herum. Ist besser, sie würde sonst hysterisch werden und seine Konzentration stören. Wenn sie heil nach Hause kommen wollen, darf er jetzt nicht abgelenkt werden. Bei dem, was Ina getrunken hat, schläft sie erfahrungsgemäß bis Mittag. Er hat nichts getrunken, das tut er nie, wenn er noch fahren muss. Pias Geburtstagsparty war lustig. Hätte er das mit dem Wetter geahnt, wäre er eher aufgebrochen. Aber nichts hat auf einen solchen Schneeeinbruch hingedeutet. Im Gegenteil. Als sie um Mitternacht Raketen in die Luft schossen, war es sternklar. Kurz vor zwei ist er losgefahren. Fünfundvierzig Minuten braucht er normalerweise aus der Stadt nach Hause. Jetzt sind sie schon über zwei Stunden unterwegs und der grüne Pfeil auf dem

Display zeigt immer noch geradeaus. Nur gut, dass er sich heute Abend durchgesetzt hat, und sie den Geländewagen genommen haben. Mit Inas Sportflitzer wären sie schon längst stecken geblieben. Endlich die ersehnte Ansage, „nach vierhundert Metern links abbiegen". Meter für Meter kämpft er sich voran. Er wagt nicht darüber nachzudenken, was passiert, wenn er stecken bleibt. Vorsichtig, sacht, jetzt die Linkskurve. Der Wagen schwankt. Für einen Moment hat er das Gefühl durchdrehender Räder, aber es geht weiter. Der Pfeil auf dem Navi zeigt wieder geradeaus. Lieber Gott, lass uns heil nach Hause kommen, nur noch das letzte Stück, es ist doch nicht mehr weit. Ich gehe auch Ostern in die Kirche und spende für die neue Orgel. Seine Uhr zeigt halb sieben, als die erlösende Meldung kommt, „nach fünfzig Metern Ziel erreicht". Der Wagen streift irgendetwas, ein Hindernis. Das könnte einer der steinernen Blumenkübel in der Einfahrt sein. Vorsichtig steuert er etwas zur Seite, als die Stimme kommt „Ziel erreicht". Fred stellt den Motor ab, sein Kopf sackt auf das Steuerrad. Total erschöpft bleibt er sitzen und atmet tief durch. Doch nur kurz, dann schreckt er hoch. Sie müssen raus aus dem Wagen, dürfen nicht einschneien. Er will die Tür öffnen. Geht nicht. Klemmt? Eingefroren? Er rüttelt am Griff, wirft sich mit aller Kraft dagegen. Beim dritten Versuch springt die Tür auf. Vom Schwung getragen kippt Fred in den Schnee. Mühsam rappelt er sich auf. Er muss sich beeilen. Die hintere Tür widersetzt sich allen Öffnungsversuchen. Er rüttelt Ina wach und zerrt sie über den Vordersitz aus dem Wagen. Sie ist völlig verstört. Fred stützt sie und gemeinsam rutschen sie durch den Schnee zur Haustür. Geschafft. Sie sind drin. Im Badezimmer lassen sie die nassen Sachen einfach auf den Boden fallen, trocknen sich ab und wanken ins Bett.

Fred öffnet die Augen. Der Wecker zeigt halb zwei. Es ist kalt. Jetzt einen heißen Kaffee. Ob es noch schneit? Durchs Fenster sieht er weiß, alles weiß. Wie ein Leichentuch. Unaufhörlich rieselt es weiter in feinen kristallinen Flocken. Er meint, sie knistern zu hören. In der Küche die Kaffeemaschine funktioniert nicht. Das Licht geht auch nicht. Die Heizung ist kalt. Kein Strom. Er kontrolliert die Sicherungen. Alles in Ordnung. Das muss mit dem Schnee zusammenhängen. Er setzt sich auf die Treppe. Was soll nun werden?
Von oben hört er Ina im Badezimmer rumoren.
„Das Wasser in der Dusche wird nicht warm, kannst du mal nach der Heizung oder der Sicherung sehen?"
Er geht hinauf.
„Hab ich schon gemacht, es ist alles in Ordnung. Der Fehler ist nicht bei uns. Der Schneesturm hat die Leitungen beschädigt."
„Ja und jetzt?"
Ihr Gesicht ist bleich, die Augen vor Schreck weit aufgerissen.
„Ich weiß es auch nicht. Nichts funktioniert, keine Heizung, kein Strom, kein Licht, kein Herd. Nur Schnee um uns herum."
„Tu was. Ruf Handwerker. Wir müssen kochen, essen, uns wärmen."

Ina greift zum Telefon. Tot. Das Handy zeigt ‚kein Netz', dann ist der Akku leer. Inzwischen hat Fred den Kamin angemacht. Aus dem Keller bringt er den Gartengrill. „Damit können wir uns etwas kochen."
„Was meinst du, wie lange wird der Stromausfall anhalten?"
„Keine Ahnung. Wir sollten uns auf einige Zeit einrichten. Wir können das Haus nicht verlassen. Der Schnee liegt Meter hoch, die Straßen sind zu. Es grenzt an ein Wunder, dass wir diese Nacht heil angekommen sind."
„Gut, dass wir reichlich Vorräte haben", sagt Ina, „erst vorgestern habe ich die Kühltruhe vollgepackt. Die wird die Kälte doch auch ohne Strom halten, oder?"
„Einige Zeit schon. Danach packen wir alles in Schnee, liegt ja genügend davon herum."
Nach Tee und auf dem Grill gerösteten Brötchen machen sie sich daran, ihre Vorräte aufzulisten und einen Rationierungsplan zu erstellen.
„So bekomme ich vielleicht die drei Kilo weg, gegen die ich seit Weihnachten vergeblich ankämpfe." Ina versucht zu scherzen.

Vier Wochen später.
In Decken gewickelt hocken sie vor dem Kamin und essen lauwarme Nudeln mit Tomatenketchup.
Ina schreit plötzlich auf.
„Ich will so nicht leben. Ich brauche eine kultivierte Umgebung. Ein Bad, saubere Kleider, gepflegt essen gehen, Theater, Konzert, nicht hier in diesem stinkenden kalten Loch verrecken. Ich will hier raus, in die Stadt."

Fred packt sie an den Schultern, schüttelt sie.
„Versteh doch, wir können hier nicht raus. Wir müssen versuchen zu überleben, so gut es geht."
Ina bricht zusammen, krümmt sich schluchzend.
„Du bist schuld, mach doch was. Alles wäre besser, wenn wir nicht in diese Einöde gezogen wären."
Mit den Fäusten trommelt sie auf seine Brust. Fred hält ihre Hände mit Gewalt fest, ringt sie zu Boden. Sieht die Tränenspuren auf dem früher so sorgfältig geschminkten Gesicht, die blonden, jetzt verfilzten Haare mit dem dunklen Ansatz. Zorn, Wut und wildes Begehren durchjagen ihn. Er reißt ihr die Kleider vom Leib und stürzt sich auf sie. Als er erschöpft und schweratmend neben ihr liegt, schluchzt er.
„Ich weiß auch nicht, was mit mir los ist, es tut mir leid."
Ina sagt nichts, streicht ihm über die Stirn.
„Es ist zu viel, wir sind dem nicht gewachsen. Wir werden noch wie Tiere."

Wie lange geht das nun schon so? Fred hat die Übersicht verloren, ihm fehlt sein strukturierter Tagesablauf, Arbeit im Büro, Zeitung, Fernsehen. Er tut, was zu tun ist. Holz hacken, Schnee vor der Tür, vom Dach kehren, Wasser erwärmen. Ihre Vorräte nehmen erschreckend ab. Auch Holz und Grillkohle. Nach den Kisten und Brettern aus dem Keller wird er als Nächstes die Küchenstühle zersägen. Wenn nur endlich der Schnee schmelzen würde, dieser verdammte Schnee.
Fred geht hinaus. Irgendetwas hat er gehört. Ein leises Surren. Es wird stärker, kommt näher. Ein

Hubschrauber? Ungläubig starrt Fred in den Himmel. Tatsächlich, dort fliegt ganz niedrig. ein Hubschrauber. Zwei Personen erkennt Fred, Köpfe beugen sich herunter. Er springt verzweifelt auf und ab, wedelt wild mit den Armen. Keine Reaktion, nichts. Der Hubschrauber dreht ab und verschwindet am Horizont.

Fred ist enttäuscht. Er weiß nicht, was er sich erhofft hat. Hilfe? Rettung? Aber wie soll das gehen? Der Hubschrauber hätte gar nicht aufsetzen können. Ina hat nichts mitbekommen. Sie liegt vor dem Kamin und döst vor sich hin. Die Hoffnung auf bessere Zeiten hat sie aufgegeben, wiederholt es wieder und wieder. Fred mag nichts davon hören. Er will nicht aufgeben, noch nicht. Es muss doch eine Möglichkeit geben. Sie leben in einem zivilisierten Land, es gibt Hilfskräfte, Militär, Technisches Hilfswerk. Es ist für ihn absolut unvorstellbar, dass es für sie keine Hilfe geben sollte. Außerdem der Schnee muss doch irgendwann schmelzen.

Am nächsten Morgen kommt der Hubschrauber wieder. Er fliegt direkt über ihr Haus, dreht und steht in der Luft. Aus der Tür wird ein Packet in den Vorgarten geworfen. Fred läuft sofort hinaus. Es ist dick mit Zeltplanen umwickelt und fest verschnürt. Er hat Mühe es ins Haus zu ziehen und die Umhüllung zu öffnen. Darin sind Mehl, Haferflocken, Zucker, Milchpulver, Erbsen, Fleischdosen, ein Kanister Öl, Kaffeepulver und sogar einige Tafeln Schokolade. Es ist wie Weihnachten. Auch Streichhölzer und ein Paket Haushaltskerzen finden sich. Dazwischen liegt eine Art Zeitung.

„Ina, Ina, komm schnell, alles wird gut", ruft Fred.
Bei einer Tasse Kaffee, der ersten seit einer Ewigkeit, studieren sie die Informationen. Es ist erschütternd. Ein Schneesturm ungeahnten Ausmaßes und ungeheurer Stärke hat das Land heimgesucht, Städte verwüstet, Strommasten geknickt. Dächer, Häuser, ganze Wohnblocks sind unter der Schneelast zusammengebrochen. Tausende Menschen wurden erschlagen oder von den Schneemassen erstickt. Die Überlebenden werden aufgefordert, Ruhe zu bewahren. Erste Hilfsmaßnahmen sind angelaufen, Unterstützung aus dem Ausland angefordert. Es könne allerdings Wochen dauern bis es gelingt, zu normalen Verhältnissen zurückzukehren.
Bleich vor Entsetzen sehen sie sich an.
„Da haben wir auf dem freien Land ja noch unglaubliches Glück gehabt. Wir leben und sind unverletzt", sagt Fred, „mir scheint nur, wir müssen uns auf längere Zeit einrichten."
Er legt im Kamin drei Stuhlbeine nach.
„Wenn es auch schade darum ist, ich werde unseren alten Apfelbaum fällen müssen."
Fred nimmt die Kettensäge, zieht die Gummistiefel an und geht hinaus. Ina steht am Fenster und schaut zu. Der schöne Apfelbaum, denkt sie, da wird es im Sommer keine eigenen Äpfel mehr geben, nie mehr. Sie sieht, wie Fred die Kettensäge ansetzt. Der mächtige Baum schwankt, stürzt und begräbt Fred unter sich.

Sizilianische Hochzeit

Es war der erste Sonntag im Oktober. Die Nachmittagssonne schien warm vom blauen Himmel. Auf der Terrasse des am Meer gelegenen Vier-Sterne-Hotels trafen nach und nach die Gäste ein. Im Anschluss an die kirchliche Zeremonie wurde hier die Hochzeit von Rico, dem ältesten Sohn von Stefano Caluzzi, genannt Padrone, gefeiert. Ein reichhaltiges Büfett war aufgebaut; Kellner im weißen Jackett reichten Tabletts mit Getränken und Häppchen herum.
Hinter einer Gruppe Fächerpalmen und hohen Hibiskusbüschen verborgen kauerte Giulia und beobachtete die Szene. In ihren Augen brannten Tränen. Es hätte ihre Hochzeit sein sollen. Sie und Rico waren zusammen aufgewachsen, er, der Sohn des mächtigen Padrone, sie, die Tochter des ebenfalls einflussreichen Avvocato. Beide Familien waren schon früh übereingekommen, dass es in ihrem gemeinsamen Interesse ist, wenn die Kinder später heiraten. Sie war mit Rico zur Schule gegangen, sie hatten gemeinsam ihre Schulaufgaben gemacht, zusammen hatten sie Schwimmen und Tauchen gelernt. Als sie älter wurden, fuhren sie mit Ricos Vespa zum Tanzen, brieten in warmen Sommernächten am Strand selbst gefangene Fische über dem Lagerfeuer und entdeckten die Liebe. Der Padrone hatte Rico schon lange in seine Geschäfte eingewiesen. Der Sohn sollte einmal das Imperium mit allem, was daran hing, weiterführen. Deshalb ging Rico nach dem Abitur nach Amerika, hatte dort

Jura und Betriebswirtschaft studiert und zahlreiche wichtige Kontakte geknüpft. Sie selbst durfte nicht studieren; mit Mühe hatte sie durchgesetzt, dass sie eine Ausbildung als Arzthelferin machen konnte, dies war für die Familie nützlich. Im ersten Jahr nach Ricos Abreise kamen noch viele Briefe, dann wurden es immer weniger und schließlich kamen gar keine mehr.

Wie hatte sie gejubelt, als sie hörte, Rico kommt nach Hause. Sie war am Meer entlang gelaufen und hatte den Wolken und den Wellen immer wieder entgegen gerufen: „Er kommt zurück, Rico kommt zurück, Rico, Rico!" Dann der Schock. Er hatte Gladys mitgebracht, die Frau, die er gerade geheiratet hat. Giulia hatte nichts gesagt, ihren Kummer, ihre Enttäuschung hinunter geschluckt. Nur wenn sie allein den versteckten Klippenweg über dem Meer entlang ging, wo sie als Kinder gespielt hatten, ließ sie ihren Tränen freien Lauf und schluchzte hemmungslos. Vor einiger Zeit war ihr dort am Sonntagabend der Padrone begegnet, der seine beiden großen Doggen ausführte. Sie kannte die Hunde, seit sie Welpen waren, sie und Rico hatten immer mit ihnen herumgetollt. Laut bellend spürten sie Giulia auf und sprangen an ihr hoch. Sie hatte keine Zeit mehr, ihre Tränen abzuwischen. Der Padrone sah ihr prüfend ins Gesicht.

„Ist es wegen Rico?", fragte er.

Giulia konnte nichts sagen, nickte nur unmerklich.

„Dachte ich mir doch", murmelte der Padrone.

„Hör auf zu heulen, du kriegst ihn, das verspreche ich dir. Schließlich haben der Avvocato und ich es so vor langer Zeit beschlossen."

Der Padrone war ein einflussreicher, aber auch gefürchteter Mann. Ihm gehörten die Ländereien im Umkreis von dreißig Kilometern. Er besaß eine große Baustofffirma, drei Weinkellereien und betrieb mit zwei Flugbooten eine Fährlinie zum Festland; es wurde von dubiosen Börsengeschäften, Drogen- und Waffenhandel gemunkelt. Aber laut wagte das keiner zu sagen und nachweisen konnte es ihm auch niemand. Die Geschicke der drei zur Gemeinde gehörenden Dörfer wurden von ihm bestimmt, mit dem Bürgermeister war er befreundet.

Doch heute war die Hochzeit. So weit war die Macht des Padrone dann doch nicht gegangen, obwohl ... eigentlich hatte sie ihm immer bedingungslos geglaubt.

Es war ein rauschendes Fest. Toasts auf das Brautpaar, ein Fotograf machte Bilder, es wurde gegessen, getrunken, getanzt.
Rico war mit seinen ein Meter zweiundachtzig für einen Sizilianer ungewöhnlich groß. Er trug einen gut geschnittenen schwarzen Anzug mit weißem Seidenhemd, seine dunklen Locken waren wie immer etwas zerzaust. Am linken Handgelenk über der Rolex glänzte ein schweres goldenes Armband, das Hochzeitsgeschenk von Gladys. Es war nicht einfach gewesen, die Familie und vor allem den Padrone davon zu überzeugen, dass es ihm ernst war mit der Eheschließung, bitterernst, und dass kein Gedanke mehr seiner Jugendliebe Giulia galt. Erst als Rico gedroht hatte, ganz in die USA auszuwandern, um dort als Anwalt zu arbeiten, und als auch die in

Aussicht gestellte Enterbung keinen Eindruck auf ihn machte, hatte die Familie nachgegeben. Neben dem dunklen breitschultrigen Mann wirkte Gladys, hellhäutig und blond, besonders zart und etwas verloren. Zum weißen knöchellangen Seidenkleid trug sie einen weitschwingenden Hut aus Organza. Sie blickte verwirrt auf die vielen Familienangehörigen und Verwandten ihres Mannes. Sie konnte sie beim besten Willen nicht auseinanderhalten. Den Padrone, ja den kannte sie, sie fürchtete sich vor seinem durchdringenden kalten Blick. Da war ihr die kleine rundliche Mama, heute ganz in schwarzer Spitze, doch lieber. Allerdings hatte Gladys keine Möglichkeit, sich mit ihr zu unterhalten. Der lokale Dialekt der Mama war weit entfernt von dem Italienisch, das Gladys inzwischen gelernt hatte. Sie fühlte sich allein. Von ihren Verwandten und Freunden hatte sie niemanden eingeladen, die Entfernung war zu groß. Ihre vierzehn Jahre ältere Schwester betrieb auf einer Farm in Neuseeland Schafzucht, sie wäre ohnehin nicht gekommen. Die Schwestern hatten sich auch nie recht verstanden. Gladys hatte auf einmal Angst. Ob sie hier jemals heimisch werden würde? In Amerika war Rico ganz anders gewesen.

Küsschen links, Küsschen rechts, Ricos drei Schwestern, elegant und lebhaft, ließen keine Gelegenheit aus, sich in Szene zu setzen, heftig zu flirten und ihre mit glitzernden Pailletten bestickten Haute Couture Roben auszuführen. Die Tanten, fast alle in schwarzen Kostümen mit riesigen Handtaschen, hockten wie ein Schwarm Krähen auf der rechten Seite der Terrasse. Laut und

atemberaubend schnell schnatternd stopften sie Unmengen bunter Tortenstücke in sich hinein. Am anderen Ende auf der linken Seite hatten sich die älteren und alten Männer zusammengefunden: kettenrauchend und heftig trinkend. Die Krawatte gelockert, das Hemd über der Hose und mit vom Wein deutlich geröteten Gesicht führte der Opa die Diskussion an. Dazwischen tobten die Kinder herum. Die Jungen im Anzug, die Mädchen in ihren gestärkten Kommunionkleidern, Blütenkränzchen ins Haar geflochten.
Giulia mochte nicht länger zuschauen, es schmerzte sie zu sehr. Als zwei Kellner die Hochzeitstorte hereinrollten und sich alle drängten, das Brautpaar beim Anschneiden zu beobachten, huschte sie aus ihrem Versteck und eilte nach Hause. Unbemerkt, wie sie meinte und nicht ahnend, dass der Padrone sie längst erspäht hatte und ihr mit ernstem Blick hinterher sah.
Es wurde dunkel. Am Strand war ein großes Feuerwerk vorbereitet. Rico nahm Gladys bei der Hand.
„Komm mit, auf dem Dachgarten können wir das Feuerwerk am besten sehen."
Mit dem Lift fuhren sie auf die sechste Etage und liefen die kleine Treppe hinauf. Sie standen eng umschlungen, während sich über ihnen am Himmel wieder und wieder neue farbige Kaskaden auftürmten und als Sternenregen auf das Meer herab fielen. Immer schneller schossen die Raketen in den Himmel, immer dichter folgte das Krachen der Böller aufeinander.
„Wie schön", hauchte Gladys und lehnte ihren Kopf

an Ricos Schulter. Plötzlich fühlte Rico, wie sie neben ihm erbebte, ihre Hand ließ ihn los und sie sackte zusammen.

„Ist dir nicht gut?", fragte er und beugte sich über sie. Ungläubig schaute er in das bleiche Gesicht seiner Frau. Weit geöffnete starre Augen, vom Hinterkopf tropfte ein schmales blutiges Rinnsal auf die weiße Spitze. Aus dem Schatten lösten sich zwei Gestalten. Ein Wink des Padrone. Tonio, Chauffeur und Leibwächter, ergriff die leblose Gestalt und verschwand mit ihr in der Dunkelheit. Rico war wie gelähmt, wollte schreien, etwas sagen, brachte aber keinen Ton heraus.

Der Padrone trat zu ihm und legte ihm den Arm auf die Schulter.

„Du wolltest sie ja unbedingt heiraten, die Amerikanerin."

Spinne am Morgen

Kerstin Schroeders Wecker rasselt. Es ist Montag, der 1. Juni, sechs Uhr dreißig. Aufstehen. Heute ist ihr erster Arbeitstag bei der Westfalia AG in Köln. Abwicklung von Schadensfällen im In- und Ausland, Versicherungen und Rückversicherungen. Lange hat sie um diese Anstellung gekämpft, sich im dreitägigen Auswahlverfahren besonders angestrengt. Dank ihrer erstklassigen Zeugnisse und Referenzen konnte sie Vorbehalte, dass sie mit achtundzwanzig Jahren zu jung sei, um die Revisionsabteilung mit fünfundzwanzig Mitarbeitern zu leiten, ausräumen. Für die Zusage hatte schließlich ihre dreijährige Tätigkeit bei der Manhattan Insurance Inc. in New York den Ausschlag gegeben.

Sorgfältig zieht sie sich an. Beigefarbener Hosenanzug, Seidenbluse, halbhohe Pumps und dezentes Make-up. Während sie die Kaffeemaschine in Gang setzt und ein Joghurt löffelt, denkt sie an die letzten vier Wochen.

Vor Beginn ihrer neuen Tätigkeit hat sie sich eine längere Auszeit gegönnt, um das von ihrem Arbeitgeber besorgte Appartement einzurichten und die Stadt kennenzulernen. Sie ist auf den Dom gestiegen, mit dem Fahrrad am Rhein entlang und durch den Grüngürtel gefahren, hat in den Altstadtkneipen Kölsch getrunken und nachts in Szene Discos getanzt. Dort begegnete ihr der Mann, mit dem sie seitdem fast täglich zusammen ist. Groß, gut aussehend. Weißes Poloshirt von Ralph Lauren, beigen Kaschmirpulli locker um die Schulter gelegt, weiße Leinenhose und helle weiche Mokassins. Alter Mitte/Ende dreißig. So hat sie ihn an der Bar kennengelernt. Am Sonnabend sind sie mit seinem roten Porsche zum Rolandsbogen gefahren, wo er mit Blick auf den Rhein für sie Gedichte rezitierte, selbst verfasst, wie er beiläufig erwähnte. Kerstin ist fasziniert. So einen Mann hat sie noch nie kennengelernt. Er ist kultiviert, höflich und zurückhaltend. Beruflich muss er sehr erfolgreich sein. Herbert K. Huberti, Dozent, steht auf seiner Visitenkarte, die er ihr gleich am ersten Abend überreicht hat, „damit Sie wissen, mit wem Sie es zu tun haben." Später erzählte er ihr, dass er an einer kleinen aber feinen privaten Managerschule Buchhaltung, Bilanzwesen und Betriebswirtschaft unterrichte. Ob sich aus der Begegnung eine feste Beziehung entwickeln kann? Bisher ist bei ihren ehrgeizigen beruflichen Plänen kein Gedanke an eine Bindung oder gar Familie aufgekommen. Aber mit so einem Mann ...? Das vergangene Wochenende wollte er mit ihr an der holländischen Küste in Katwijk verbringen, er kenne da ein sehr gemütliches, erstklassig geführtes Hotel, in dem es vorzüglichen Fisch zu essen gäbe. Na endlich, dachte Kerstin zuerst. Zwar war offenkundig, dass er sie mochte, aber außer langen heftigen Küssen und ein bisschen Knutschen beim Verabschieden ist bisher nichts gewesen. Sie begann fast, an ihrem Verführungspotential zu zweifeln. So ein schnuckeliges Wochenende war endlich fällig und genau das Richtige. Aber dann siegten ihre Vernunft und ihr Ehrgeiz. Sie durfte ihren beruflichen Start in die ersehnte Leitungsposition nicht verträumt und mit Schlafzimmerblick beginnen, sondern musste ausgeschlafen und vollkonzentriert sein. Das hat sie ihm erklärt, allerdings ohne zu sagen, um welche Tätigkeit es sich handelte, nur etwas von Versicherung gemurmelt. Sie wollte ihm gegenüber nicht als Karrierefrau auftreten, manche Männer waren da komisch. Er hat volles Verständnis bekundet, was sie noch mehr für ihn eingenommen hat. Nächstes Wochenende wollen sie alles nachholen.

Schluss jetzt mit Träumen. Energisch greift Kerstin nach Tasche und Autoschlüssel, verlässt ihre Wohnung und fährt los. Bei der Westfalia AG sind in der Tiefgarage für die Vorstandsmitglieder und die leitenden Angestellten Parkplätze reserviert. Sie parkt ihren Golf und fährt mit dem Aufzug in die zehnte Etage. Dort wird sie im kleinen Konferenzraum erwartet. Herrn Miller, ein Vorstandsmitglied,. begrüßt sie freundlich.
„Wir treffen uns hier jeden zweiten Montagmorgen bei einer Tasse Kaffee zu einer Lagebesprechung. Diese Gelegenheit will ich nutzen, um Sie als neues Mitglied unseres Führungsstabes vorzustellen", sagt er und macht sie mit den übrigen sechs Abteilungsleitern des Unternehmens bekannt.
Kerstin beantwortet freimütig Fragen nach ihrem bisherigen Werdegang und hört interessiert Berichten über einzelne Sparten des Unternehmens und aktuelle Projekte zu. Bereits jetzt fühlt sie sich

voll akzeptiert. Nach zwei Stunden ist die Besprechung zu Ende. Herr Klotz, Abteilungsleiter Schadensfälle Ausland, wendet sich an sie.
„Frau Schroeder, seit der Erkrankung Ihres mittlerweile aus Altersgründen ausgeschiedenen Vorgängers habe ich die Revisionsabteilung mit betreut. Ich möchte Ihnen daher Ihr Büro zeigen und Ihnen die Mitarbeiter vorstellen."
Das Büro ist ein großer Raum mit Möbeln aus heller Eiche. Die Sitzgruppe, Leder mit Chrom, erinnert an italienisches Design. Auf dem Schreibtisch steht ein dicker Strauß gelber Rosen.
„Hier sind Ihre Sekretärin Frau Merten und die Hauptsachbearbeiter, die Herren Lingen, Braun, Laufen und Erben."
Kerstin reicht Frau Merten die Hand. Ihre Sekretärin dürfte um die vierzig sein und wirkt äußerst kompetent. Dann wendet sie sich an die vier in dezentes Grau gekleideten Herren mittleren Alters.
„Ich begrüße Sie und hoffe auf gute und vertrauensvolle Zusammenarbeit. Für den Anfang bitte ich Sie, etwas Nachsicht mit mir zu haben und mich über alles zu informieren."
Kerstin hat ein gutes Gefühl. Sie spürt zwar eine gewisse Zurückhaltung, aber die Atmosphäre ist freundlich.
Herr Braun sagt: „Das versprechen wir. Wenn es Ihnen recht ist, führe ich Sie jetzt durch die Abteilung. Jeder von uns hat fünf Mitarbeiter, die unten auf der dritten Etage in zwei Großraumbüros sitzen. Ich rege an, dass wir hinuntergehen, damit Sie sich dort alles ansehen und die Mitarbeiter kennenlernen."

„Eine gute Idee", sagt Kerstin.
Ein langgestreckter Raum mit mehreren Fenstern empfängt sie. Im vorderen und hinteren Bereich, abgetrennt von hohen Grünpflanzen, befindet sich je eine Sitzgruppe. Der Raum ist durch halbhohe Trennwände unterteilt. Dahinter sitzen die Mitarbeiter, drei Frauen sind dabei, an ihren Schreibtischen, arbeiten am Computer oder telefonieren. Kerstin geht von Schreibtisch zu Schreibtisch, schüttelt Hände, sagt ein paar freundliche Worte und ist bemüht, wenigstens einen Teil der Namen zu behalten. Der zweite Raum sieht genauso aus. Sie nähern sich jetzt dem letzten Schreibtisch.
„So, hier ist noch unser Herr Huberti, er bereitet die Auszahlungen Inland vor" hört sie Herrn Braun.
Huberti? Welch ein Zufall. Ob es ein Verwandter von ihm ist? Kerstin hebt den Kopf und erstarrt. Vor ihr steht ... er. Nein, das ist eine Sinnestäuschung, das kann doch nicht sein. Bloß frappierende Ähnlichkeit. Aber er ist es wirklich. Die erschrocken aufgerissenen Augen, die sich rötenden Ohren und – wie Kerstin bemerkt – zitternden Hände sprechen Bände. Kein Zweifel. Dieser Schuft. Er hat Theater gespielt, den großen Mann markiert, sie von Anfang an belogen. Kerstin bebt innerlich vor Wut und Enttäuschung. Sie hätte heulen können. Aber sich jetzt nur nichts anmerken lassen. Sie atmet ein-, zweimal tief durch und sagt kühl:
„Herr Huberti, ich bin Kerstin Schroeder, die neue Leiterin der Revisionsabteilung."
Ihre Miene ist undurchdringlich, die Pupillen ganz zusammengezogen schaut sie durch ihn hindurch.

Endlich ist die Vorstellungsrunde beendet und Kerstin in ihrem Büro allein. Von Frau Merten lässt sie sich die Pläne zur Organisation und Geschäftsverteilung sowie die Geschäftsberichte der letzten fünf Jahren bringen. Die wolle sie sich zunächst in Ruhe ansehen. Eine Welt ist für sie zusammengebrochen. So hintergangen und getäuscht zu werden. Dieser Angeber. Hochstapler. Nur gut, dass Sie noch kein Wochenende mit ihm verbracht hat. Die Peinlichkeit wäre nicht auszudenken. Wie soll sie sich bloß in Zukunft verhalten? Kerstin tritt ans Fenster, öffnet es und macht einige Atemübungen, die sie im Yogakurs gelernt hat. Allmählich beruhigt sie sich. Sie wird den Kerl nach Möglichkeit übersehen, seine Arbeit aber genauestens unter die Lupe nehmen. Wie kann der bei seinem Gehalt einen Porsche, teure Klamotten und Einladungen zum Abendessen in Edelrestaurants finanzieren?

Die nächsten Wochen vergehen mit intensiver Einarbeitung durchaus angenehm und wie im Flug. Mit ihrer Arbeit ist Kerstin schnell vertraut. Ihre Berichte und Vorschläge bei der Lagebesprechung werden gut aufgenommen. Sie hat Fuß gefasst und kennt sich aus. Ob Huberti sich mit ihr aussprechen will, weiß sie nicht. Sie legt auch keinen Wert darauf, zu tief ist sie verletzt. Alles war falsch, alles Lüge. Auch die Gedichte, die hat sie im Internet gefunden. Kerstin hat ihre Handynummer geändert. Zu Hause geht sie nicht ans Telefon, sondern lässt alles über den Anrufbeantworter laufen. Sieht sie seine Nummer, löscht sie die Nachricht, ohne sie zuvor abzuhören. Zwei oder dreimal hat sie gegenüber ihrer Wohnung auf dem Parkstreifen einen roten Porsche gesehen, aber sie hat nicht reagiert. Bei der Westfalia AG kann sie ihm gut aus dem Weg gehen. Vorstand und leitende Angestellte haben eine eigene Cafeteria und das Büro verlässt sie abends meist erst lange nach ihren Mitarbeitern. Sie hat eine Mordswut auf Huberti.

Nachdem sich Kerstin eingearbeitet hat, beginnt sie mit einer intensiven Prüfung von Hubertis Arbeitsbereich. Sie verprobt alle einzelnen Buchungen und Geschäftsvorfälle und gelangt zu einem interessanten Ergebnis. Da gibt es immer wieder Auszahlungen an eine Eusebio Firmengruppe, ansässig in Wallberg, einem kleinen Nest nahe der Schweizer Grenze. Kerstin kennt den Ort zufällig. Vor einigen Jahren war sie mit ihrem damaligen Freund zum Skilaufen in Zermatt. Auf dem Rückweg haben sie sich Zeit gelassen und sind abseits der Autobahn durch die Gegend gebummelt. In Wallberg haben sie Kaffee getrunken und getankt. Soweit sie sich erinnert, gab es dort nicht viel. Ein paar Bauernhöfe, einen Kramladen, ein, zwei Gasthöfe und die Tankstelle. Wie kommt da eine große Firmengruppe hin, die mal als Eusebio & Co KG, als Gebrüder Eusebio oder Dr. Vitalis Eusebius auftaucht. Die sich mit Hoch- und Tiefbau, Industrieansiedlungen, Rohrverlegung und Flüssiggasanlagen befasst. Es kann sich nicht um einen plötzlichen wirtschaftlichen Aufschwung handeln, denn die Zahlungen dorthin werden bereits seit einigen Jahren angewiesen. Die Überweisungen

summieren sich, die Anlässe sind vielfältig. Mal ist ein Kessel in die Luft geflogen, mal gibt es Rohrbrüche, Unwetterschäden, Blitz- und Hagelschlag, Haftung mit Folgeschäden für eingestürzte Rohbauten, Diebstahl von Tanklastzügen und so fort. Kerstin gibt sich zwei Tage Bedenkzeit. Am nächsten Morgen lässt sie Huberti durch Frau Merten sagen, er solle für die letzten fünf Jahre die Zahlungen an die Eusebio Firmengruppe mit allen Unterlagen zusammenstellen und - aufgelistet nach Datum, Empfänger und Anlass - in einer Woche vorlegen.
Huberti erhält den Auftrag kurz vor Feierabend und erschrickt heftig. Er war eigentlich ganz zuversichtlich. Bis jetzt hat Kerstin geschwiegen, wie er erleichtert gemerkt hat. Aber dieser Auftrag verspricht nichts Gutes. Wie ist sie bloß dahinter gekommen. Es hat seit sechs oder sieben Jahren reibungslos funktioniert. Er weiß gar nicht mehr so genau, wann er damit angefangen hat. Niemand hat bisher etwas gemerkt. Die Zahlungsanweisungen sind durch lückenlose Korrespondenz und Belege abgedeckt. Da ist er sehr penibel vorgegangen. Das Geld wurde an die örtliche Raiffeisenbank auf verschiedene Konten überwiesen. Alle paar Monate fuhr er hinunter, hob die Beträge ab und brachte sie in die Schweiz.
Er grübelt und grübelt. Auf dem Weg nach Hause kauft er in der Zoohandlung Fliegen und Grillen, Futter für seine Spinnen. Im Keller hat er drei Terrarien. In den beiden größeren hält er jeweils eine Vogelspinne, ein Weibchen und einen Bock. Voriges Jahr hat er sie erfolgreich zur Paarung gebracht. Die

mehr als zweihundert kleinen Spider hat er in Glasbehältern getrennt aufgezogen und äußerst günstig verkauft. Das kleinere Terrarium enthält drei Kreuzspinnen und eine schwarze Witwe. Die gefallen ihm nicht so gut. Sie gehören Karlheinz. Der ist auch Mitglied im Züchterverband Spinnennetz e.V. und musste aus beruflichen Gründen für einige Monate nach London. Zuvor hat er Huberti gebeten, die Tiere in der Zwischenzeit zu versorgen. Huberti schüttelt die Fliegen in das kleine Terrarium, verteilt die Grillen an die Vogelspinnen und sieht dann zu, wie sie mit ihren pelzigen schwarz-weißen Beinen die Grillen packen, Gift und Verdauungssekret injizieren und sich daran machen, die nun verflüssigte Beute aufzusaugen. Plötzlich weiß er, was zu tun ist. Kerstin – insgeheim nennt er sie immer noch so – hat eine Spinnenphobie. Er hat es bemerkt, als er mit ihr zum Rolandsbogen gefahren ist und sie vom Parkplatz aus hinaufstiegen. Es war gar keine Spinne, sondern nur ein Spinnennetz, das seitlich an der Begrenzungsleuchte baumelte. Trotzdem fing sie an zu zittern, verspürte Übelkeit und erst nach einem Schnaps beruhigte sich ihr Kreislauf wieder. Es war ihr peinlich gewesen. Sie könne nicht dagegen an, hat sie ihm erzählt.

In den folgenden Tagen bereitet er die Unterlagen sorgfältig vor. Er fertigt diverse Listen, stellt die Auszahlungen nach Betrag und Datum zusammen, bündelt die Belege mit Kontenstreifen zu kleinen Päckchen und schichtet sie in einen der bei der Westfalia AG gebräuchlichen Ablagekasten aus Acryl.

Am nächsten Morgen um neun Uhr ist Termin zum Vortrag bei Frau Schroeder.

Als er am Vorabend nach Hause kommt, steigt er in den Keller und holt mit einer langen Pinzette aus dem kleinen Terrarium eine Kreuzspinne heraus. Die Beleuchtung ist dämmerig, er kann das Kreuz auf ihrem Rücken kaum sehen. Vorsichtig, damit ihr nichts passiert, setzt er sie in eine kleine flache Schachtel aus weißem Papier, die er sorgfältig verschließt und in den Kühlschrank stellt. Die Kälte wird die Bewegungsfähigkeit der Spinne einschränken. Im Büro wird er die Schachtel einen Spalt breit öffnen und unter die gebündelten Belege schieben. Nach einiger Zeit wird sich das Tierchen erwärmen und hervorkrabbeln. Ein so naher Kontakt mit einer dicken Spinne auf ihrem Schreibtisch führt bei Kerstin mit Sicherheit zu panischen Reaktionen, Kreislaufproblemen und vielleicht sogar einer Ohnmacht. Er würde sofort veranlassen, dass sie ein Rettungswagen ins Krankenhaus bringt. Das dürfte sie für zwei bis drei Tage vom Büro fernhalten. Inzwischen wird er die Unterlagen vernichten und seinen Jahresurlaub nehmen. Mit dem Porsche ist er in fünf Stunden an der Schweizer Grenze. Bei der Raiffeisenbank würde er bis auf einen kleinen Rest alles abheben, in der Schweiz das Nummernkonto auflösen, das Banksafe leeren und von Zürich aus nach Brasilien fliegen. Zwar hat er von dem Geld einiges verbraucht, um seinen aufwendigen Lebensstil zu finanzieren. Aber dank vorzüglicher Beratung und kluger Kapitalanlage ist über die Jahre ein stattliches Vermögen angewachsen, das ihm den Einstieg in ein neues

Leben ebnen wird. Nicht umsonst hat er all die Jahre den Kontakt zu seinem Schulfreund Dieter Heinrichs gepflegt. Der besitzt in Sao Paulo neben einer brasilianischen Ehefrau aus besten Gesellschaftskreisen einen florierenden Import- und Exporthandel sowie große Plantagen. Dort kann er jederzeit einsteigen.

Am nächsten Morgen holt er die kleine Schachtel aus dem Kühlschrank und fährt ins Büro. Punkt neun Uhr klopft er an die Tür des Vorzimmers von Frau Schroeder. Er betritt ihr Zimmer, einen Ordner mit seinem Bericht in der Hand und den Ablagekasten mit Belegen unter dem Arm. Kerstin sieht kaum auf, murmelt ein förmliches „Guten Morgen" und zeigt auf den Stuhl vor ihrem Schreibtisch. Den Ablagekasten hat er auf den Knien. Kerstin hört sich den Bericht schweigend an. Sagt dann:
„Herr Huberti, das sind Märchen. Ich verdächtige Sie, seit Jahren unberechtigt Beträge an nicht existierende Scheinfirmen, also in die eigene Tasche, überwiesen zu haben. Die Größenordnung dürfte um eine halbe Million betragen. Ich werde dem Vorstand vorschlagen, externe Buchprüfer einzuschalten und die Staatsanwaltschaft zu informieren."
„Dieser Vorwurf ist ungeheuerlich. Was Sie sagen, stimmt nicht. Die Überweisungen ergeben sich aus den abgewickelten Schadensfällen. Hier sind die Unterlagen dazu."
Er stellt den Ablagekorb auf ihren Schreibtisch und greift nach einem der unteren Belegpäckchen, um der Spinne Gelegenheit zu geben hervorzukrabbeln

und sich zu zeigen. Wo ist das verdammte Vieh, die Spinne müsste längst erwärmt und aus der Schachtel heraus sein.
Er spürt einen jähen Schmerz an seinem Mittelfinger, ihm wird schwarz vor Augen, leblos kippt er vom Stuhl.

Spuren der Vergangenheit

Elena ging den Klippenweg entlang und schaute hinunter aufs Meer. Wellen prallten an den Felsen ab, bildeten kreisende Strudel, Gischt spritzte hoch. Wie lange war es jetzt her, dass sie als junges Mädchen hier unbeschwert entlang gesprungen war? Dem Treffen mit Manuel entgegen fiebernd. Manuel dem Fischer, dessen Boot unten in der Bucht lag. Ihrer Bucht, an deren Ende sich die Höhle befand, in der sie sich regelmäßig getroffen und geliebt hatten. Eigentlich war die Bucht nur vom Meer her erreichbar gewesen, aber sie hatten einen Pfad gefunden, der nur ihnen beiden bekannt war. Das war jetzt, Elena rechnete nach, ja das war jetzt zweiundvierzig Jahre her. Viel war in der Zwischenzeit geschehen und doch, Elena sah sich um, alles war noch so wie damals. Das Meer, die felsige Küste. Ob es die Höhle und den Weg dorthin noch gab? Sie würde nachschauen. Das dürfte kein Problem sein. Schließlich war sie gut zu Fuß, dafür sorgten das regelmäßige Golfspielen und ihr persönlicher Fitnesstrainer zu Hause in den Staaten. Sie ging schneller. Dort vorne neben dem Felsen, der so aussah wie ein Männchen machender Hase, ging es nach rechts. Erst durch eine Senke und dann von Stein zu Stein nach unten wie auf einer Treppe. Auf einmal war sie ganz aufgeregt. Das letzte Mal war sie vor zehn Jahren hier oben entlang gegangen. Mit Henry, ihrem Mann. Nachdem die Kinder aus dem Haus waren, und er sich von seinen Geschäften zurückgezogen hatte, wollte sie ihm das Land zeigen, in dem sie aufgewachsen war.

Geboren war sie im Nachbarort unweit der Küste und dort auch zur Schule gegangen. Die kleine Landwirtschaft ihrer Eltern hatte nicht viel gebracht, es reichte kaum, die vier Kinder zu ernähren. Elena war die Älteste und alle waren froh, als sie im Hotel eine Stelle als Küchenhilfe bekam. Sie war anstellig, freundlich und hübsch anzusehen, sodass sie sich bald zum Zimmermädchen und dann zur Bedienung hocharbeitete. Eines Nachmittags waren vier amerikanische Geschäftsleute im Hotel aufgetaucht. Im Anschluss an eine Messe in Barcelona wollten sie zur Entspannung das Wochenende an der Küste verbringen. Sie hatten an der Bar ziemlich gezecht, gesungen, mit Elena getanzt und geflirtet. Schnell hatte sie erkannt, dass Henry J. Saltzman Witwer und einsam, aber auch wohlhabend war. Ihre Chance nutzend war sie die Nacht über bei ihm geblieben und zwei Tage später mit ihm in die Staaten geflogen. Nach wenigen Wochen läuteten die Hochzeitsglocken.

Vor zehn Jahren hatte sie sich mit ihrem Mann auf Spurensuche begeben, die Orte besucht, an denen sie ihre Jugend verbracht hatte und alte Erinnerungen aufgefrischt. Sie wohnten in dem Hotel, in dem Elena gearbeitet hatte. Aber es war nicht wiederzuerkennen. Aus dem verträumten Landgasthof war ein elegantes Vier-Sterne-Haus geworden. Alles war neu. Besitzer und Personal hatten gewechselt, keiner konnte sich mehr an früher erinnern, und das war auch gut so. Sie wanderten am Meer entlang und Elena führte ihren Mann auf den

Klippenweg, um ihm den einzigartigen Ausblick zu zeigen.

Aber wie tragisch hatte dieser Spaziergang geendet. Henry J., ziemlich kurzsichtig, war über die Felskante in die Tiefe gestürzt, sein Körper zerschmettert. Die Untersuchung durch die örtliche Polizei hatte ergeben, dass sie an dem Unfall völlig schuldlos war. Sie war einige Schritte hinter ihm gegangen und hatte Rosmarin und Thymian gepflückt, als das Unglück geschah.

Seitdem genoss sie ihr Witwendasein. Sie reiste in der Welt umher und ließ es sich gut gehen. Was ihr gefiel, kaufte sie, ganz gleich, ob es sich um Kleider, Schmuck, Autos oder junge Männer handelte. Vor drei Wochen, es war ihr sechzigster Geburtstag, hatte sie plötzlich nostalgische Gefühle bekommen und beschlossen, die Wege ihrer Kindheit nachzuzeichnen und die alten Stätten wieder zu sehen. Und genau das tat sie gerade.

Mit energischen Schritten bahnte sie sich ihren Weg durch den Ginster und begann den Abstieg, Stein für Stein. Fast wäre sie gestolpert, konnte sich gerade noch an einem Pinienast festhalten. Sie war doch nicht mehr ganz so gelenkig wie früher, stellte sie fest. Da vorne musste der Eingang sein, hinter Geäst verborgen. Doch was war das? Ihr Herzschlag stockte. Aus dem Schatten trat ihr eine männliche Gestalt in den Weg.

„Spürst du deiner Vergangenheit nach?" klang eine raue Stimme. Entsetzt machte Elena einen Schritt rückwärts, kalter Schweiß trat ihr auf die Stirn. Atemlos fragte sie:

„Manuel du? Wo kommst du her? Was tust du hier?"

„Ich habe dich beobachtet und hier auf dich gewartet. Du kennst den Weg immer noch, wie ich sehe. Ich nehme an, du willst zur Höhle, in unsere Höhle, komm."

Mit hartem Griff zog er sie an sich und dann hinter sich her. Sie zwängte sich durch den Felsspalt. Damals war ihr der Durchgang viel breiter und bequemer vorgekommen. Sie wusste noch, an welcher Stelle sie den Kopf einziehen musste. Und dann war sie drin. Hier hatte sie viele Stunden mit Manuel verbracht. Abgeschlossen von der Welt hatten sie sich geliebt, geträumt und Zukunftspläne geschmiedet. Sie fühlte wieder die alte Faszination.

Die Höhle war geräumig. Sie lag teilweise oberhalb des Wasserspiegels. Der Boden fiel zum Meer hin sanft ab und war mit Sand bedeckt. Hier war ihr privater, ihr ureigener Strand gewesen. Das Wasser, türkisblau und glasklar, schwappte nur träge. Vorgelagerte Felsblöcke brachen die Strömung. Draußen schien die Sonne auf das Meer. Das Wasser reflektierte sie ins Innere der Höhle und tauchte alles in ein geheimnisvolles bläuliches Licht. Goldene Flecken tanzten auf dem Meeresgrund. Elena, ganz gefangen vom Zauber dieses Ortes, betrachtete Manuel. Er war älter geworden. Seine Haare, wirr wie eh und je, waren grau. Sein Gesicht mit der kantigen Nase und den fast schwarzen Augen durchzogen Falten. Aber er war immer noch ein schöner Mann mit einer animalischen Ausstrahlung und dem Geruch nach Meer und Salz.

Elena lehnte sich zurück, streckte sich im Sand aus und verschränkte die Arme hinter dem Kopf. Sie fühlte sich leicht und war voller Erwartung.

„Ach Manuel, wie schön war es damals hier und wie schön ist es immer noch."
Durch halbgeöffnete Augen sah sie, wie Manuel sich zu ihr hinunter beugte. Er kniete über ihr. Seine Hände strichen langsam über ihren Körper. Sie erbebte voll zitternder Ungeduld. An ihrem Ohr flüsterte er.
„Du hast mich ohne ein Wort drei Tage vor unserer Hochzeit wegen des Amerikaners verlassen, nur weil er reich war. Bei dem Spaziergang vor zehn Jahren habe ich euch beobachtet. Ich habe alles gesehen. Du hast den Arm um deinen Mann gelegt, als wolltest du ihn küssen und ihn über die Felskante in die Tiefe gestürzt."
Elena spürte, wie Manuels Hände zu ihrem Hals wanderten. Sie waren nicht weich und zärtlich, wie sie erwartet hatte, sondern hart und schrundig. Sie drückten zu. Erst leicht, fast noch wie eine Liebkosung, aber dann immer stärker. Ließen nicht los, drückten zu, fest und fester. Panik überkam sie, sie strampelte, wollte etwas sagen, aber es kam nur ein undefinierbares Gurgeln heraus.
„Ja meine Liebe, es ist aus mit dir. Du hast mir das Herz gebrochen, ich konnte nie mehr lieben. Das ist jetzt die verdiente Strafe. Lange habe ich auf diesen Augenblick gewartet."

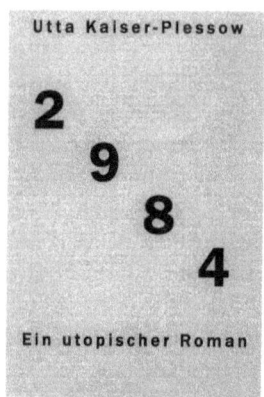

Utta Kaiser-Plessow 2984 Ein utopischer Roman

Die weltweite Klimakatastrophe ist inzwischen Geschichte. In einer hochtechnisierten Welt haben die Frauen das Sagen. Es herrschen Friede und Wohlstand. Die Männer, rückentwickelt und intellektuell bedürfnislos, sind ins Reservat verbannt. Dort leben sie in bäuerlichen Verhältnissen. Für die Frauen sind sie lediglich Sexualobjekt und Samenspender.

Der junge Landor ist anders. Intelligent und von unendlichem Wissensdurst beseelt, träumt er von einem freien, selbstbestimmten Leben, zusammen mit einer Frau, die er liebt. Er setzt alles daran, aus der Enge des Reservats auszubrechen. Er findet Aldina, mit der er als Kind einige Zeit aufgewachsen ist. Es beginnt eine wunderbare Liebesgeschichte. Bei einer abenteuerlichen Flussfahrt geraten beide in Lebensgefahr.

All das ist spannend und erfrischend anders als übliche Utopien erzählt. Ein Lesevergnügen.

Books on Demand, Norderstedt, ISBN: 978-3-8482-1000-8, 199 Seiten, € 12,-